VENTE

Du Jeudi 13 Janvier 1910

HOTEL DROUOT, SALLE N° 11

A DEUX HEURES

OBJETS D'ART ET D'AMEUBLEMENT

ANCIENS ET DE STYLE

MEUBLES — SIÈGES

Boiseries

COMMISSAIRE-PRISEUR

Mᵉ F. LAIR-DUBREUIL

EXPERTS

MM. PAULME & B. LASQUIN Fils

CATALOGUE

DES

OBJETS D'ART & D'AMEUBLEMENT

ANCIENS ET DE STYLE

TABLEAUX — DESSINS — GRAVURES

DÉCORATIONS MURALES EN TOILE PEINTE

Faïences et Porcelaines

ANCIENNES PORCELAINES DE CHINE

BRONZES D'ART ET D'AMEUBLEMENT

Miniatures, Sculptures, Broderies, Étoffes, Objets variés

MEUBLES ET SIÈGES

D'ÉPOQUE et STYLE LOUIS XV et LOUIS XVI

Boiserie d'époque Louis XV

Dont la Vente aux Enchères publiques aura lieu

HOTEL DROUOT, SALLE N° 11

LE JEUDI 13 JANVIER 1910

A DEUX HEURES

M° F. LAIR-DUBREUIL	MM. PAULME & B. LASQUIN fils
COMMISSAIRE-PRISEUR	EXPERTS
6, rue Favart	10, rue Chauchat | 11, rue de la Grange-Batelière

---

EXPOSITION PUBLIQUE

Le Mercredi 12 Janvier 1910, de 2 h. à 6 heures

CONDITIONS DE LA VENTE

Elle sera faite au comptant.

Les adjudicataires paieront *dix pour cent* en sus des enchères.

L'exposition mettant le public à même de se rendre compte de l'état et de la nature des objets, aucune réclamation ne sera admise une fois l'adjudication prononcée.

Paris. — Imp. de l'Art, CH. BERGER, 41, rue de la Victoire

DÉSIGNATION

TABLEAUX
DESSINS, GRAVURES

AUBRY (D'après E.)

1 — *La Bergère des Alpes.*

Gravure en noir, par LE VEAU.

CHAMPMARTIN

2 — *Portrait d'Homme.*

Toile.

DE LA HAYE (P.)

— *Vue de la Petite futaie.*

Dessin au crayon. Signé et daté : *1777.*

DONZEL (C.-H.)

— *Paysages.*

Deux pendants. Pastels de forme ovale.

GREUZE (D'après)

5 — *La Paresseuse.*

Gravure en noir, de P.-E. Moitte.

HERBÉ

6 — *Catherine de Médicis et Henri II visitant l'atelier de Benvenuto Cellini.*

Toile. Signée et datée : *1880*.

JORDAENS (Attribué à)

7 — *Mars et Vénus.*

LEAN (Annette)

8 — *Portrait de Jeune Fille.*

Dessin. Signé.

LEVILLY (J.-P.)

9 — *Garçons baignant. — Garçons dérobant un verger.*

Deux gravures en couleurs.

SERVIN (F.)

10 — *La Fileuse* et *Jeune Fille à la fontaine.*

Panneaux.

THÉNARD

11 — *Enfants près d'une mare.*
Toile.

ÉCOLE FRANÇAISE

12 — *Portrait de Femme en manteau rouge.*
Panneau.

ÉCOLE FRANÇAISE

13 — *Deux Portraits de Femmes.*
Toiles.

ÉCOLE FRANÇAISE

14 — *Portrait de Femme.*

. Dessin au crayon. Époque Restauration. Cadre
bois sculpté.

ÉCOLE FRANÇAISE

15 — *Portrait de Femme.*
Pastel ovale.

ÉCOLE FRANÇAISE

16 — *Décoration murale.*

Comprenant : un grand panneau; deux panneaux étroits; cinq panneaux d'entre-deux; trois
dessus de porte; deux panneaux moyens; un
morceau; un panneau carré, à sujets dans le
goût de LANCRET : personnages dans des paysages,
encadrements rocailles.

ÉCOLE FRANÇAISE

17 — *Décoration murale.*

Composée de cinq grands panneaux à sujets paysages, avec chutes d'eau, habitations et personnages.

FAIENCES ET PORCELAINES

18 — Vase en faïence de Sèvres, à mascarons et
godrons en relief.

19 — Brûle-parfum, style chinois, en céramique.

20 — Vase à anses et piédouche en faïence de
Gien, et un vase en faïence à rinceaux et
anses-serpents, fond jaune.

21 — Paire de potiches couvertes, en faïence de
Delft, modernes.

22 — Coq en ancienne faïence.

23 — Deux petites caisses à fleurs en porcelaine
blanche, deux petits cache-pot en faïence
blanche et deux pots de pharmacie en
faïence.

24 — Soupière couverte en ancienne faïence de
Pont-aux-Choux.

25 — Assiette en ancienne faïence de Delft,
décor polychrome. Style chinois.

26 — Petit bouilloir à anse et couvercle en ancienne faïence, décor à dentelle en dorure.

27 — Deux assiettes en ancienne faïence de Delft, décor à rinceaux de feuillages en bleu.

28 — Assiette en faïence blanche, avec au centre trophée et inscription : *Soutien, Force, Vision*, et une assiette fond lie de vin.

29 — Deux assiettes en ancienne faïence en trompe l'œil, en relief : olives et poires.

30 — Légumier formé de deux courges sur un plat en faïence, décor au naturel.

31 — Bas-relief en faïence vernissée de Nevers : chien terrassant un serpent.

32 — Assiette en ancienne porcelaine de la Compagnie des Indes.

33 — Compotier en ancienne faïence de Rouen, décor à la corbeille.

34 — Deux assiettes en ancienne faïence italienne.

35 — Potiche octogonale couverte en ancienne faïence de Delft, décor à fleurs en bleu.

36 — Légumier couvert, forme ovale, en porcelaine de Chine, décor bleu.

37 — Tasse en porcelaine de Sèvres blanche et or, au chiffre de Louis-Philippe.

38 — Série de cinq plats ovales en ancienne faïence de Weedgwood à fond blanc, décor de grecques et de dauphins.

39 — Grande bouteille à long col en céladon vert.

40 — Vase à col et piédouche, décor en relief : amours et pampres de vigne, en porcelaine fond bleu.

41 — Vase-cornet et buire en porcelaine moderne.

42 — Pot couvert en céramique japonaise.

43 — Grand vase en porcelaine de Canton, décor à personnages et fleurs.

44 — Vase en porcelaine de Chine, décor bleu et bistre, à personnages, pagodes.

45 — Vase quadrangulaire en porcelaine de Chine, décor en couleurs.

46 — Vase en céladon de Chine, anses modelées en relief.

47 — Vase en ancienne porcelaine de Chine, décor en émaux de couleurs, rinceaux de branches et fleurs de chrysanthèmes, anses chimères.

48 — Vase en porcelaine de Chine, décor en émaux de couleurs, branches de pêchers fleuris, pivoines, etc.

49 — Deux perroquets en porcelaine de Chine, décor en couleur.

5o — Coupe à pied en porcelaine de Chine, décor bleu.

51 — Jardinière en porcelaine de Chine : masque de poussah, en céladon.

52 — Bol en porcelaine de Chine, décor en couleur au dragons et oiseaux symboliques.

53 — Coupe libatoire en ancien blanc de Chine, décor en relief.

54 — Bouteille en ancienne porcelaine de Chine gravée sous couverte, à grecques et oiseaux symboliques, anses tubes, bleu lavande uni.

55 — Grande bouteille en ancienne porcelaine de Chine, décor polychrome à fleurs, lambrequins et palmettes.

56 — Quatre tasses couvertes, dont deux avec présentoirs, en porcelaine de Chine, décor à fleurs.

57 — Deux groupes en ancien biscuit de Locré, sujets allégoriques.

58 — Douze petits pots à crème couverts en porcelaine, à godrons en spires.

59 — Bol, tasse et soucoupe en porcelaine de Chine, décor bleu et polychrome.

60 — Deux petites jardinières et leurs dessous en ancien biscuit de Weedgwood.

61 — Deux tasses et deux soucoupes en ancienne porcelaine tendre de Chantilly, décor bleu et deux soucoupes en ancienne porcelaine de Frankenthal.

62 — Théière couverte, sucrier couvert, avec
soucoupes et deux tasses avec leur soucoupe,
en ancienne porcelaine tendre de Sèvres,
décor bleuets. Époque de la République.

63 — Groupe : *Dites donc, s'il vous plait*, en biscuit. Époque Empire.

64 — Théière, pot à lait, sucrier couvert et son
présentoir en ancienne porcelaine, pâte dure
de Sèvres, période de la République, décor
coquelicots, bleuets, et attributs maçonni-
ques.

65 — Sept soucoupes en ancienne porcelaine
dure de Sèvres, période républicaine, décor
varié.

66 — Paire de petits vases en porcelaine de
Frankenthal, de forme contournée, à rocailles, couvercles surmontés de figurines
d'enfants.

67 — Potiche couverte, de forme ovoïde, en
porcelaine de Chine, décor à personnages et
dragon. Socle en bois de fer ajouré.

BRONZES
D'ART ET D'AMEUBLEMENT
PENDULES

68 — Garniture de cheminée, composée d'une pendule en bronze doré et patiné, et marbre rouge, surmontée d'un amour sur des nuages, et de deux candélabres, formés chacun de deux statuettes de femmes, en bronze patiné, tenant des bouquets de lumières en bronze doré ; base en marbre bleu-turquin. *Maison Eugène Hazart, à Paris.* Style Louis XVI.

69 — Deux bas-reliefs ronds en bronze. Sujets : Faunes et faunesses.

70 — Lustre en bronze doré, formé de tasses et bouteilles coupées en ancienne porcelaine de Chine bleu fouetté. (Disposé pour l'électricité.)

71 — Paire de flambeaux en bronze argenté. Époque Louis XV.

MINIATURES, SCULPTURES

BRODERIES, ÉTOFFES, ETC.

OBJETS VARIÉS

72 — Miniature ronde : Portrait d'homme en habit lilas. xviiie siècle.

73 — Miniature ovale : Portrait de jeune fille, en robe blanche décolletée, nœud de ruban bleu à la taille.

74 — Miniature ovale : Portrait d'homme. Signée : *F. Martin, sourd-muet, 1822.*

75 — Miniature ovale : Portrait de femme. Époque de la Restauration.

76 — Miniature ovale : Portrait d'homme, habit bleu, gilet jaune. Signée : *Feulard, 1831.*

77 — Miniature rectangulaire : Jeune femme étendue sur un divan, fond de draperie bleue.

78 — Miniature ronde : Portrait de femme en Diane. Signée : *J. M.*

79 — Deux statuettes en terre cuite : Enfants jardiniers.

80 — Vase-porte-pinceaux en marbre tendre blanc, sculpté. Travail chinois. Socle en étoffe.

81 — Anneau en jade sculpté, à grecques.

82 — Deux têtes d'anges en pierre sculptée et polychromée.

83 — Statuette de Vierge en marbre blanc sculpté. xviie siècle.

84 — Glace en bois sculpté et doré; fronton couronné de feuillages de roses. Époque Louis XVI.

85 — Glace. Cadre en bois noir sculpté.

86 — Glace analogue à la précédente.

87 — Pistolet de rempart, à crémaillère.

88 — Reliquaire en papier découpé, repoussé et doré : le Christ en croix et les Saintes Femmes.

89 — Calvaire. Bas-relief en métal repoussé.

90 — Trois petits panneaux en bois sculpté.

91 — Deux petites boules chauffe-mains et une aiguière en tôle vernie, décor en dorure.

92 — Paire de bouteilles avec bouchon en ancien laque du Japon.

93 — Maquette de rocher et jardin en plâtre.

94 — Deux petites glaces ovales. Cadres en bois sculpté doré, à ramages.

95 — Huit verres et un plateau de Venise.

96 — Cadre en bois sculpté. Époque Régence.

97 — Coupe couverte en laque noire du Japon; monture en bronze doré; anses mufles de lion et anneaux; collerette ajourée.

98 — Portefeuille en cuir rouge.

99 — Deux boules d'amortissement en bois sculpté doré. Époque Louis XVI.

100 — Paire de réchauds en tôle émaillée. Époque Louis XV.

101 — Deux Christs en ivoire et en bronze.

102 — Peigne en écaille et un éventail avec étui en tôle émaillée.

103 — Deux pyramides en marbre et onyx.

104 — Deux petites écritoires en acajou.

105 — Bible, reliure en parchemin.

106 — Jésus et la Samaritaine. Tableau en velours et broderie.

107 — Joueuse de mandoline et militaire. Deux petits tableaux en étoffe, et aquarelle.

108 — Glace avec cadre en bois sculpté doré, à rocailles. Époque Louis XV.

109 — Huit fragments d'étoffes, broderies, ou habits de cérémonies.

MEUBLES, SIÈGES

BOISERIES

110 — Partie de boiserie en bois sculpté, peint vert, comprenant sept panneaux de dimensions variées. Époque Régence.

> Panneau formant porte...... $2^m54 \times 1^m03$
> 2 panneaux formant placard. $2^m \text{ »} \times 0^m88$
> Panneau   —   — $2^m54 \times 1^m04$
> Panneau   —   — $2^m65 \times 0^m52$
> Panneau   —   — $2^m55 \times 0^m53$
> Petit panneau dessus de porte. $1^m20 \times 0^m65$

111 — Paire de portes en bois sculpté, peint gris. Époque Louis XV.

112 — Panneau en bois sculpté, peint vert. Époque Régence.

> Haut., 1 m. 60 cent.; larg., 0 m. 90 cent.

113 — Partie de bibliothèque en bois sculpté, comprenant : un côté, un montant et quatre portes grillagées. Époque Louis XV.

> Hauteur d'une porte : 2 m. 53 cent.

114 — Panneau en bois sculpté, peint gris. Époque Louis XVI.

115 — Fragment de console en bois sculpté. Époque Régence.

116 — Console en bois sculpté, peint. Dessus de marbre. Époque Louis XIV.

117 — Console, à coins arrondis, en bois sculpté, peint. Dessus de marbre. Époque Louis XVI.

118 — Console de coin en bois sculpté, pied à volute, frises de poste et guirlandes. Dessus de marbre.

119 — Bureau avec étagère, de forme rognon, muni de tiroirs, en acajou ; garniture de bronzes, baguettes, anneaux de tirages, galerie ajourée. Style Louis XVI.

120 — Paire de consoles-supports d'applique en bois sculpté, polychromé et doré. xviiiᵉ siècle.

121 — Bibliothèque à hauteur d'appui en bois de placage, ouvrant à deux portes grillagées, chutes en bronze doré. Dessus de marbre. Style Louis XVI.

122 — Petite table rognon en bois de placage, tiroirs et tablette d'entrejambe. Style Louis XVI.

123 — Petit table en noyer à un tiroir. Époque Louis XV.

124 — Console en bois sculpté. Époque Louis XV. Dessus en marbre.

125 — Guéridon rond en acajou, sur trépied, et colonne cannelée.

126 — Encoignure en acajou, ouvrant à deux portes. Époque Louis XVI.

127 — Table à jeu en marqueterie. Dessus à damier. Époque Louis XV.

128 — Meuble étroit en acajou, ouvrant à tiroirs. Époque fin Louis XVI.

129 — Commode en marqueterie de bois à losanges, ouvrant à trois tiroirs. Époque Louis XVI.

130 — Commode à trois rangs de tiroirs en acajou. Dessus de marbre. Époque Louis XVI.

131 — Console demi-lune en bois laqué noir. Époque Louis XVI.

132 — Petit guéridon rond, pied en spirale, en acajou. Dessus de marbre. Époque Louis XVI.

133 — Petite table à trois tiroirs en bois de placage, rangs de perles, galerie de cuivre. Dessus de marbre blanc. Époque Louis XVI.

134 — Guéridon rond en acajou à trépied. Epoque Louis XVI.

135 — Table-bureau en acajou, à deux tiroirs.

136 — Petite table rectangulaire en bois de placage et marqueterie.

137 — Petit coffret en acajou, ouvrant à levier.

138 — Deux tabourets en bois tourné. Époque Louis XIII. Garniture en soie bleue à rayures.

139 — Bois de chaise longue, à oreilles, en bois sculpté. Époque Louis XIV.

140 — Chaise en bois tourné, garnie de cuir et cloutée. Époque Louis XIII.

141 — Fauteuil en bois sculpté, époque Louis XIII, recouvert en tapis.

142 — Chaise en bois sculpté, cannée. Style Louis XV.

143 — Fauteuil en bois sculpté. Époque Louis XV.

144 — Fauteuil en bois sculpté, époque Louis XVI, garni de velours.

145 — Canapé en bois sculpté doré, garni en soie bleue brochée à rayures.

146 — Grand fauteuil en bois sculpté, recouvert de soierie. Époque Louis XVI.

147 — Fauteuil en bois sculpté, dossier médaillon, époque Louis XVI, recouvert de velours rouge à rayures.

148 — Chaise en bois sculpté, xviiie siècle, recouverte en soie.

149 — Deux chaises en bois tourné, couvertes de tapisserie au point et petit point : personnages et volatiles.

150 — Objets omis au Catalogue.

RED. :

16

MIRE ISO N° 1

NF Z 43-007

AFNOR

Cedex 7 - 92080 PARIS-LA-DÉFENSE

graphicom

BIBLIOTHEQUE NATIONALE DE FRANCE

****

CHATEAU DE SABLE

1996